# LORENZIST

ISBN 979-12-5957-358-2

Testi con Matteo Mazzuca
Illustrazioni, colori e lettering di ARTeapot Studio

Layout di copertina: Andrea Balconi
Impaginazione: ARTeapot Studio

In collaborazione con in-Sane!
Coordinamento di Alberto Martinelli

Per essere informato sulle novità
del Gruppo editoriale Mauri Spagnol visita:
www.illibraio.it



Magazzini Salani è un marchio di Adriano Salani Editore
www.magazzinisalani.it

LORENZIST

# UNA NOTTE AL FUN TIME

CARI PINGUINI,

ECCOCI QUA A VIVERE UNA NUOVA SPLENDIDA AVVENTURA INSIEME, RICCA DI DIVERTIMENTO E COLPI DI SCENA.

CI TENGO TANTO A VOI E HO VOLUTO METTERE TUTTO L'IMPEGNO POSSIBILE PER REGALARVI LA MIGLIORE PRIMA ESPERIENZA A FUMETTI CHE AVETE TANTO DESIDERATO.

VOGLIO CHE QUESTO LIBRO SIA PER VOI UNA FONTE DI ISPIRAZIONE E DI SICUREZZA PERCHE' SE STIAMO UNITI SIAMO FORTISSIMI E CORAGGIOSI.

SIAMO UNA GRANDE FAMIGLIA DI PICCOLI PINGUINI E VI VORRO' SEMPRE UN NOOT DI BENE.

LorenzIST

EHI, LORENZO
CHE NE DICI DI UNA NUOVA CHALLENGE PER IL CANALE?
TIPO... UHM...
COSTRUIRE IL PUPAZZO DI NEVE PIU' GRANDE DEL MONDO?
NO, HA NEVICATO TROPPO POCO.
UNA CHALLENGE DI "PROVA A NON RIDERE"?
LE BARZELLETTE LE RACCONTO IO!
OH ASTA, CAPIRAI CHE SFIDA ALLORA...

E' CHE ORMAI ABBIAMO FATTO TUTTE LE CHALLENGE DEL MONDO...
E SE PROVASSIMO A CHIEDERE UN SUGGERIMENTO SUI SOCIAL?
BUONA IDEA, FRANPESCA!
FACCIAMO SUBITO UN VIDEO!
REGISTRA
LA CHALLENGE DELL'ANNO!
REC
CIAO, AMICI! COME STATE?
SIETE PRONTI PER LE FESTE DI NATALE?
LIVE
NOI SI', MA PRIMA DI DEDICARCI AI REGALI E ANDARE IN VACANZA...
...IO, ASTA E FRANPESCA VORREMMO FARE L'ULTIMA CHALLENGE DELL'ANNO!
03:20

...SOLO CHE SIAMO A CORTO DI IDEE. CHE NE DITE DI DARCI UNA MANO?
SUGGERITECI UNA CHALLENGE STREPITOSA IN CUI VOLETE VEDERCI ALLA PROVA.
SCEGLIEREMO LA MIGLIORE!
UNA CHALLENGE STREPITOSA, EH?
03:20
commenta
103
HO QUELLO CHE FA PER VOI...
Ciao Lorenzo!
Ti seguo da tanto tempo, e appena ho visto il tuo video ho deciso di scriverti.
La challenge che volevo proporti è...

RRRRROOONNFFF
YES WEEKEND
EHI, FORSE QUESTA E' QUELLA BUONA!
RROOONNFFF
UNA NOTTE IN UN CENTRO COMMERCIALE DESERTO!
FICHISSIMOOOO!

FUN TIME
SHOPPING CENTRE
COME SAREBBE A DIRE CHE NON NE SAPETE NIENTE?!

SIGNORINA, NON SO CHE DIRLE. ORA SI CALMI, PERO'.
CALMA UN CORNO! VOGLIO LA MIA NOTTE AL CENTRO COMMERCIALE!!!
FRAN, CALMATI!
CI GUARDANO TUTTI!

MI DISPIACE. VI RIPETO CHE NON SAPPIAMO NULLA DI NESSUNA CHALLENGE!
SIAMO VENUTI QUI PER NIENTE...
AHEM. CHE COSA SUCCEDE? C'E' QUALCHE PROBLEMA?
SONO JACK WILSON, IL PROPRIETARIO DEL FUN TIME.
HO APERTO QUESTO CENTRO COMMERCIALE AFFINCHE' LE PERSONE SI DIVERTANO, NON SI ARRABBINO.
POSSO FARE QUALCOSA PER VOI?
BEH, IN EFFETTI... QUALCHE GIORNO FA ABBIAMO RICEVUTO UN COMMENTO
CHE CI INVITAVA A TRASCORRERE UNA NOTTE NEL SUO CENTRO COMMERCIALE...
DAVVERO? QUESTO E' MOLTO, MOLTO STRANO.
DI CERTO NON SONO STATO IO A INVIARE QUEL COMMENTO...
MA DITEMI...
...E' COSI' IMPORTANTE, PER VOI, TRASCORRERE UNA NOTTE QUI?

E' SEMPRE STATO IL MIO SOGNO!
L'ABBIAMO ANNUNCIATO AI NOSTRI FOLLOWERS, ED ERANO ENTUSIASTI ALL'IDEA!
E POI, PER IL FUN TIME, SAREBBE TUTTA PUBBLICITA' GRATUITA!
MHHH... SOGNO...
FOLLOWERS, PUBBLICITA'...
TRE RAGAZZINI, NOTTE...
CENTRO COMMERCIALE
... ANIMATRONICI...
MI AVETE CONVINTO!
E TANTE GRAZIE A CHI HA AVUTO QUESTA BRILLANTE IDEA DI MARKETING
PER QUANTO ANONIMA.
MA ORA, SEGUITEMI!
VI MOSTRERO' LE PRINCIPALI ATTRAZIONI DEL FUN TIME!
F

PER COMINCIARE, LA PISTA DI PATTINAGGIO E IL VILLAGGIO DI NATALE!
COSTRUITI APPOSTA PER LE FESTE NATALIZIE.
I SIMPATICI GUARDIANI DI QUEST'AREA SONO
GLI ORSI COOL E I PINGUINI.
MA NELLA CASETTA SI NASCONDE ANCHE IL NOSTRO GENEROSO BABBO-BOT!
QUI INVECE, C'E' LA NOSTRA DELIZIOSA FOOD COURT...
SORVEGLIATA DAL NOSTRO ANIMATRONICO CHEF COUTEAU.
E INFINE L'AREA ARCADE!
CON UN SACCO DI GIOCHI PER SVAGARSI E DIVERTIRSI CON GLI AMICI!
E SE QUALCUNO NON FA IL BRAVO...
...LO PRENDIAMO CON IL NOSTRO GIGA-ARTIGLIO MANOVRATO DA CLAW CLOWN! AHAHAHA!
STO SCHERZANDO, RAGAZZI.

BEH, ORMAI ALLA CHIUSURA MANCA POCO...
AVETE CINQUE MINUTI PER DECIDERE, RAGAZZI.
ALLORA, SIETE DENTRO O SIETE FUORI?
IO CI STAREI, MA...
IL TELEFONO NON PRENDE!
NEI CENTRI COMMERCIALI LA RICEZIONE E' SEMPRE DIFFICOLTOSA
PER COLPA DEI SISTEMI ANTI-TACCHEGGIO.
TRANQUILLI, CI SARO' IO A SORVEGLIARVI DALLA SALA DI CONTROLLO!
ALLORA, LO FACCIAMO?
IO CI STO!
NON VEDO L'ORA!
ALLORA, VIA LE LUCI...
SNAP

CHE
ABBIA INIZIO...
UNA NOTTE AL
FUN TIME

OK, ALLORA, GIA' CHE SIAMO QUI...
SAPETE QUAL E' IL COLMO PER UN COMMERCIANTE?
NON DARE NULLA PER SCONTATO.
L'HAI GIA' RACCONTATA SESSANTADUE VOLTE!
SHHH!
AVETE QUALCHE IDEA SU COSA POTREMMO FARE, QUI DENTRO?
CURITY CAM 004
21:20:06 - LIVE REC
C://FUNTIME//DAY_MOD
SENTITEVI LIBERI DI PROVARE TUTTE LE ATTRAZIONI CHE VOLETE.
E RICORDATEVI, AVETE UNA NOTTE INTERA PER DIVERTIRVI...
PER QUALSIASI PROBLEMA, BASTA DIRLO.
IO VI VEDO E VI SENTO...
NON CORRETE ALCUN PERICOLO!

CERTO CHE DI NOTTE QUESTO POSTO METTE I BRIVIDI...
A DIRLA TUTTA, IO LO PREFERISCO DESERTO!
EHI, GUARDATE LAGGIU'!
TI RIPRENDO PER IL VIDEO CHE FAREMO.
NON CI SALIVO DA UN SACCO DI TEMPO!
FORSE PERCHE' NON HAI PIU' TRE ANNI?
C'E' ANCHE LA PISCINA CON LE PALLINE!
QUESTO SI' CHE FA RIDERE!
MOLTO MEGLIO DELLE TUE SOLITE BATTUTE!
PECCATO CHE CON I NEGOZI CHIUSI NON POSSA ABBANDONARVI PER FARE UN PO' DI SHOPPING!

NON FERMARTI, ASTA!
I TAPPETI ELASTICI!
RALLENTA!
IL CABINATO DI SPARAZOMBIE3000!
E' UN GIOCO FICHIIISSIMO!!
QUESTO VIDEO FARA' IL BOTTO!
OH, ASTA, CRESCI UN PO'!
MA NON C'ERA UN MANICHINO QUI?

CHE STRANA SENSAZIONE...
E' COME SE QUALCUNO CI STESSE OSSERVANDO
VEDIAMO SE NEI VIDEO SI VEDE QUALCOSA.
OH, ACCIDENTI!
AVEVO RAGIONE, MANCA UN MANICHINO!
E DI SICURO NON SE N'E' ANDATO VIA SULLE SUE GAMBE.
ANCORA QUELLA SENSAZIONE!
QUI C'E' QUALCUNO, LO SENTO!

STEPHEN KING
SBRILLUNG
DARKULA
EHM...
R-RAGAAAAZZIIIII?
ERA LORENZO.
RAGGIUNGIAMOLO, PRESTO!
CHE COSA E' SUCCESSO?
COS'ERA QUEL GRIDO DA FILM DELL'ORRORE?

FLASH
LAGGIU'...
C'E' QUALCUNO, NE SONO SICURO.
FRUSH FRUSH
L'AVETE VISTO ANCHE VOI?
ECCOME!
NON MI PIACE PIU' QUESTA CHALLENGE!

SIGNOR JACK WILSON,
SE E' UNO SCHERZO, NON E' DIVERTENTE!
SCHERZO? DI COSA STATE PARLANDO?
SCUSATE, MI ERO ALZATO UN ATTIMO E NON MI SONO ACCORTO DI NULLA!
C'E' QUALCUNO QUI CHE CI SPIA NELL'OMBRA.
ERA LEI, PER CASO?
NO, IO... MI SONO MOSSO DA QUI SOLO PER ANDARE, EHM, IN BAGNO.
COMUNQUE, ACCENDERO' TUTTE LE LUCI.
SE C'E' QUALCUNO, NON POTRA' SFUGGIRE ALL'OCCHIO DELLE TELECAMERE!
QUINDI? QUI E' ANCORA TUTTO BUIO!
ACCIDENTI, DEVE ESSERCI QUALCHE PROBLEMA ALL'IMPIANTO ELETTRICO!
NON POSSO ABBANDONARE LA POSTAZIONE.
DOVETE SISTEMARLO VOI. SEGUITE LE MIE INDICAZIONI!

PRIMA DI TUTTO, RIPASSATE DALLA PISTA DI PATTINAGGIO...
POI, SEGUITE IL PERIMETRO DELLA FOOD COURT...
E TROVERETE LA PORTA DELLA SALA MACCHINE.
VANO TECNICO
RAGAZZI, NON VI SEMBRA CHE GLI ANIMATRONICI ABBIANO CAMBIATO POSIZIONE?
FIGURATI, SARA' SOLO SUGGESTIONE
COM'E' BUIO QUI!

PER FORTUNA POSSIAMO USARE LA TORCIA DEL TELEFONO...
MA CON PARSIMONIA, O RISCHIAMO DI SCARICARLO.
ATTENTI A DOVE METTETE I PIEDI!
TAP
TAP
RAGAZZI, VE LO GIURO... GLI ANIMATRONICI SI SONO MOSSI!
LEGGI TROPPI CREEPYPASTA, TU.
E GUARDI TROPPI FILM.
E GIOCHI A TROPPI VIDEOGIOCHI.

ALMENO LA DIREZIONE E' QUELLA GIUSTA!
QUADRO ELETTRICO
DOVREMMO ESSERCI... OCCHI APERTI!
ECCOLO!
FZZZ
FZZZ FZZZ
MA... COSA GLI E' SUCCESSO?
NON CI SONO DUBBI, RAGAZZI...
22:30
FZZZ

QUALCUNO HA SABOTATO IL QUADRO ELETTRICO!
E SI E' ASSICURATO CHE NON POTESSIMO AGGIUSTARLO!
OH, MA CHE PESSIMA NOTIZIA!
JACK WILSON?
LE TELECAMERE SONO PROPRIO DAPPERTUTTO!
CERTO! ORA CERCHIAMO DI...
EHI, E TU CHI SEI?
NON TI AVVICINARE!
AIUTO, RAGAZZI!
NO, LASCIAMI!
NON FARMI DEL MALE!
AIUTO!
AAAAAARGHHHH

DOBBIAMO ANDARE A SALVARLO!
CHIAMIAMO LA POLIZIA!
I TELEFONI NON PRENDONO, RICORDI?
HO IL SOSPETTO CHE SIA TUTTA COLPA DELLA PERSONA MISTERIOSA CHE HA SCRITTO IL COMMENTO!
RAGAZZI, NON VOGLIO RIPETERMI, MA...
GLI ANIMATRONICI SI MUOVONO!
NE SONO SICURO!

NON E' UNO SCHERZO, LO GIURO!
ASTA, NON E' IL MOMENTO PER LE TUE BATTUTE!
SHHH, FATE SILENZIO!
SIAMO ARRIVATI. NON SAPPIAMO COSA TROVEREMO DIETRO QUELLA PORTA.
SALA CONT
APRIREMO PIANO PIANO... E IN CASO DI PERICOLO, SCAPPEREMO VIA, TUTTI INSIEME!
D'ACCORDO.
MA GLI ANIMATRONICI...
GLI ANIMATRONICI SONO SOLO PUPAZZI, ASTA...
C'E' NESSUNO?

UN POSTO FELICE
UNA SPESA FACILE
LA TUA FIDUCIA
SIGNOR JACK WILSON!
FUN TIME SHOPPING CENTRE
family
FUN TIME SHOPPING CENTRE
fun!
NO SIGNAL
NO SIGNAL
NO SIGNAL
NO SIGNAL

E' MORTO?
FORSE E' SOLO SVENUTO...
ANDIAMOCENE DI QUI!
SIGNOR WILSON? E' ANCORA...?
MA QUESTO E' SANGUE...
LORENZO!
NO SIGNAL
CHE COSA C'E', FRANPESCA?

OH, ACCIDENTI ...
ZWING
SCAPPA!
NON STARTENE LI' IMPALATO!
MI SA CHE SIAMO NEI GUAI...
THWACK

OTTIMI RIFLESSI, RAGAZZI... MA IL GIOCO E' APPENA COMINCIATO!
DI CHE RAZZA DI GIOCO PARLI!?
SEI UN PAZZO ASSASSINO!
PAZZO? SI', FORSE.
ASSASSINO?
SE RIESCO A BECCARE QUALCUNO DI VOI, MAGARI!
FWOOOSHH

AIUTO!
TWANNNG
ATTENTI!
OPS!
HO SBAGLIATO DI NUOVO!
SU, DAI, GIOCHIAMO A NASCONDINO...
VI LASCIO DIECI SECONDI DI VANTAGGIO!
SCAPPIAMO, PRESTO! DOBBIAMO CHIAMARE LA POLIZIA!
DIECI...
DISOBEY

NOVE...
OTTO...
SETTE...
SEI...
CINQUE...
QUATTRO...
TRE...
DUE...
UNO...

...ZERO.
MA... L'INGRESSO ERA QUI!
NE SONO SICURO!
E QUELL'INSEGNA... NON C'ERA.

ASTA?
FRANPESCA?
DOVE SIETE?
CERCHI I TUOI AMICI, LORENZO CARO?
TEMO CHE SIANO STATI UN PO' PIU' LENTI DI TE...
D'ALTRA PARTE, NEMMENO TU TI SEI NASCOSTO BENE...
...HAI DIMENTICATO DI GUARDARTI LE SPALLE!

STOCK

AHIO...
CHE MALE...

CHE SOGNO DEL CAVOLO...
ASPETTA, MA NON SONO NEL MIO LETTO...
IL CENTRO COMMERCIALE! NON ERA UN SOGNO!

QUEL TIZIO MI HA LEGATO!
E ANCHE I PIEDI SONO IMMOBILIZZATI!
E QUESTO RUMORE COS'E'?
SEMBRANO...
ZWIIIINNNG
ZWIIINNNG
PATTINI!!
ZWIIIIINNNG

ECCO DOVE SONO!
SULLA PISTA DI PATTINAGGIO DEL FUN TIME!
E ASTA AVEVA RAGIONE ...
... GLI ANIMATRONICI SI MUOVONO!!!
SANTA'S
IGLOOS
ZWIIIINNNG
ZWIIIINNNG

SANTA'S
ZWIIIINNNG

BENVENUTO SULLA PISTA POLARE, LORENZO!
SEI PRONTO A GIOCARE UN PO' CON NOI?
TU! CHI SEI? CHE COSA HAI FATTO?
LASCIAMI ANDARE, OPPURE ...
NON FARE IL MALEDUCATO, SU!
NON E' COSI' CHE CI SI COMPORTA A CASA DEGLI ALTRI...
E POI, I MIEI AMICI ORSI E PINGUINI NON VEDONO L'ORA DI GIOCARE CON TE!
E IO VOGLIO GIOCARE CON I MIEI AMICI, NON CON TE! LIBERAMI!
QUANDO E' COSÌ...
ORSI COOL! MISTER GUIN E PINGUINI!

VRRR VRRR
WHAP WHAP
DAY MODE: OFF!
PLAY MODE: ON!
E MI RACCOMANDO...
VRRR VRRR
HAVE FUN!
VRRR VRRR
WHAP WHAP
WHAP WHAP

CHE INTENZIONI HANNO QUEI COSI???
FERMATEVI!
SE RIMANGO IMMOBILE, MI TRITANO!
DEVO GIRARMI!
ECCO, COSI'!

ARGH!
PER POCHISSIMO!
SONO PASSATI! E ORA... UH?
AH! SOLO UNA BAMBOLINA DIMENTICATA QUI DA QUALCUNO...
SNOCK
ARGH!

POCHI CENTIMETRI E IL COLLO SAREBBE STATO IL MIO!
WIGGLE WIGGLE
OH NO, UN ALTRO!
FLUMP
E' INCIAMPATO! MA, ASPETTA UN ATTIMO...
PAF

POSSO USARE LA LAMA DEL PATTINO PER TAGLIARE LE CORDE!
DAI DAI DAI DAI!
CI SIAMO QUASI... PIU' IN FRETTA!
SKRRR SKRRR
SKRRR SKRRR
LIBERO! E ORA SLACCIO ANCHE LA CORDA CHE MI TIENE I PIEDI LEGATI...

ARRRRRRGH! SCIOCCO DI UN PINGUINO! LA PAGHERAI CARA!
E TU, MOCCIOSO, NON PENSARE CHE IL GIOCO SIA FINITO QUI!
ORSI COOL, MISTER GUIN! METTETEVI IN POSIZIONE!
UH OH! MI SA CHE ORA SIAMO IN DUE A ESSERE NEI GUAI...
!!!
WHAP WHAP
VRRR VRRR
VRRR VRRR
WHAP WHAP

SE VOGLIAMO SCAMPARLA, DOBBIAMO UNIRE LE FORZE!
FORSE LA CORDA CI PUO' AIUTARE!
AIUTAMI, PINGUINO! IO LA TIRERO' DA UN LATO...
... E TU DALL'ALTRA!
??
SORPRESA, ANIMAMOSTRI!

CRRRAA
FZZ FZZ
FZZ FZZ

AAASSH
FZZ
FZZ
FZZ
FZZ

PAFF
GRANDE! BEL LAVORO!
E ORA DOBBIAMO USCIRE DI QUI E CHIAMARE LA POLIZIA!
!!!

NON COSI' IN FRETTA! TRA UN PO' I TUOI AMICI COMINCERANNO A GIOCARE CON ME...
SICURO DI NON VOLER PARTECIPARE?
MALEDETTO! CHE COSA GLI HAI FATTO?
NIENTE, NIENTE... MA SE VUOI UNIRTI AL GIOCO, DOVRAI PER FORZA PASSARE PER IL VILLAGGIO DI BABBO NATALE...

SANTA'S
Village
ANDIAMO, PINGUINO! VEDRAI CHE RIUSCIREMO A USCIRE DA QUI!

OCCHI APERTI, AMICO PINGUINO!
SE QUEL TIPO CI COSTRINGE A PASSARE DI QUI, AVRA' SICURAMENTE PREPARATO UN TIRO MANCINO...

DI' UN PO',
TU NON SEMBRI UN
TIPO DI MOLTE
PAROLE...
NON PARLI
PER NIENTE?
NO, EH?
SAPPI CHE
NON CE L'HO CON TE PER
QUELLO CHE E' SUCCESSO
PRIMA.
HAI TENTATO
DI TRAVOLGERMI, MA
POI MI HAI AIUTATO...
IMMAGINO CHE
QUEL TIZIO TI ABBIA
OBBLIGATO!
COMUNQUE,
MI SEMBRI DIVERSO DAGLI
ALTRI ANIMATRONICI.
SEMBRI PIU'
ESPRESSIVO. COME
SE FOSSI...
...
VIVO.

OH, HAI VISTO QUALCOSA?
ACCIDENTI, L' ANIMATRONICO DI BABBO NATALE!
SEMBRA SPENTO...
PIANO PIANO...
CERCHIAMO DI NON SVEGLIARLO...
... OPS.

CLACK CLACK CLACK CLACK
BENE, BENE, BENE!
CHI ABBIAMO QUI? DUE GIOVANI FANCIULLI!
AVETE FATTO I BRAVI, QUEST'ANNO?
VI SARETE MERITATI UN BEL REGALO?

CLACK
CLACK
CLACK
OPPURE AVETE FATTO I CATTIVI DISPETTOSI?
LO SCOPRIREMO SUBITO!
COMINCIAMO DA...

...
TE!
VRRRRRRR
!!!
GRAB
AMICO
PINGUINO!
LASCIALO
ANDARE!!

NON COSI' IN FRETTA!
UN UCCELLINO MI HA DETTO CHE QUESTO PENNUTO SI E' MERITATO UN REGALO MOLTO SPECIALE...
TIENI, TUTTO PER TE!
TIC TAC
TIC TAC
ATTENTO, AMICO PINGUINO!
TIC TAC
TIC TAC
TIC TAC
TIC TAC
TIC TAC
TIC TAC
TIC TAC
TIC TAC
TIC TAC
TIC TAC
TIC TAC
TIC TAC
TIC TAC

TIC TAC
TIC TAC
E' UNA BOMBA!!!
TIC TAC
TIC TAC
TIC TAC
TIC TAC
BUTTATI A TERRA, AMICO PINGUINO!
TIC TAC
TIC TAC
TIC TAC
TIC TAC
BOOOM

OH OH OH! PIACIUTO IL REGALO?
TUTTO BENE, AMICO PINGUINO?
PAT PAT
SCAPPIAMO DA QUELLA PARTE!
FERMI LA'!
VORRESTE DIRE CHE NON VI E' PIACIUTO IL MIO REGALO?
VOLETE ANDARE OLTRE GLI ALBERI? PROVATECI PURE...
...SE VOLETE FINIRE AFFETTATI COME UN PANETTONE!
VRRRRRRR
VRRRRRRR
OH-NO! GLI ALBERI DI NATALE SONO FATTI DI...
... LAME ROTANTI!
VRRRRRRR
VRRRRRRR

PROPRIO COSI'!
E ORA TOCCA A TE RICEVERE IL REGALO DI BABBO NATALE!
VRRRRRRR
SMETTILA! TU NON SEI BABBO NATALE!
NON LO SARAI MAI!
UH? MA CHE DICI? IO FACCIO REGALI!
SI', SEI PIENO DI SCATOLE, MA... ESPLODONO!
NON SAI FARE UN REGALO VERO!

METTIMI ALLA PROVA!
VRRRR
ACCOMODATI! VEDIAMO SE RIESCI A TROVARE...UN ORSACCHIOTTO!
CHE NON SIA ESPLOSIVO, PERO'!
TI ACCONTENTO SUBITO!
MA NON TI REGALERO' NULLA!
UNA BAMBOLA... ESPLOSIVA!
UNA PALLA... ESPLOSIVA!
UN TRENINO... ESPLOSIVO!
AH, UN ORSACCHIOTTO!
TIC TAC
TIC TAC
TIC TAC
TIC TAC
TIC TAC
TIC TAC
TIC TAC
TIC TAC
TIC TAC
TIC TAC

UN ORSACCHIOTTO, SI'... MA ESPLOSIVO!
TIC TAC
UH-OH...
TIC TAC
TIC TAC
TIC TAC
TIC TAC
TIC TAC
KA-BOOOOM

...ANCHE QUESTA E' ANDATA, AMICO PINGUINO...
EHI, CHE NE DICI DI TROVARTI UN NOME?
STAVO PENSANDO A, UHM, VEDIAMO...
MISTER P!
TI PIACE?
OH, MA GUARDATELI! AVETE FATTO AMICIZIA, CHE TENERI!
VISTO?! SE NON FOSSE STATO PER I MIEI GIOCHI...
PIANTALA, E FATTI VEDERE! DOVE SONO ASTA E FRANPESCA?

QUANTE COSE CHE VUOI SAPERE!
E' PROPRIO VERO, VOI GIOVANI NON SAPETE COSA SIA LA PAZIENZA...
...E NON SAPETE PIU' DIVERTIRVI!
MENO MALE CHE CI SONO IO...
CHE NE DITE DI FARE UNA PAUSA MERENDA?
O MEGLIO, UNO SPUNTINO NOTTURNO!
SAPETE, FRANPESCA STAVA...
MORENDO
...DI FAME! AHAHAHAH!

MORENDO DI FAME, EH?
ALLORA E' ALLA FOOD COURT CHE TROVEREMO FRANPESCA...
O ALMENO SPERO!

ORA SILENZIO, MISTER P...
fries
EHI, MA QUELLA E' FRANPESCA!

ARRIVIAMO, FRAN! RESISTI!
LORENZO! ALLORA STAI BENE!
TI LIBERO SUBITO! CHE COSA TI E' SUCCESSO?
QUALCUNO MI HA COLPITA E MI SONO RISVEGLIATA QUI!
ACCIDENTI, SONO TROPPO STRETTE!
LO SENTI ANCHE TU QUESTO RUMORE?
TLICKY
SI'! CHE COS'E' ?
TLICKY
TLICKY
TLICKY
TLICKY TLIC
TLICKY
TLIC

CHE COSA ABBIAMO QUI?
NUOVI CLIENTI?
VRRRRR
TLICKY
TLICKY TLICKY
TLICKY TLICKY
TLICKY TLICKY TLICKY
TLICKY TLICKY
TLICKY TLICKY
TLICKY TLICKY

STAI LONTANO... COSO!
COSO??? IO SONO IL GRANDE CHEF COUTEAU!
SI SCRIVE C-O-U-T-E-A-U, E SI LEGGE CUTO'!
VRRRRR
VORRA' SCUSARCI, GRANDE CHEF COUTEAU, MA NON ABBIAMO FAME!
QUINDI ANDIAMO VIA!
CHI VIENE ALLA MIA TAVOLA NON PUO' ANDARE VIA.
VRRRRR

NESSUNO, NESSUNO, NESSUNO DICE NO A COUTEAU!
IL MAGO DEI COLTELLI!
ZWIING
ZWIING
ZWIING
ATTENTI!
ZWIING
ZWIING
ZWIING
ZWIING

GRAB
VOI DUE!
MI SEMBRA CHE MANCHIATE
DI BUONE MANIERE...
GRAB
VISTO CHE FATE
TANTO I DIFFICILI, PENSO
CHE VI FROLLERO' PER
BENE!
LASCIACI ANDARE,
MOSTRO!
TLICKY
TLICKY
TLICKY
TLICKY
TLICKY

ANCORA INSISTI, EH?
UN GIRETTO NELLA CELLA FRIGORIFERA PLACHERA' I VOSTRI BOLLENTI SPIRITI!
ECCO DOVE POTREI APPENDERVI!
AAAARGH!

AAAAAAAAAAAAAAAAAAARGH!
LORENZO!!!
FINALMENTE QUEI DUE NON SONO PIU' TRA I PIEDI!
E ADESSO...

...POTRO' DEDICARMI A TE!
HAI L'ARIA DELL'INTENDITRICE, DUNQUE TI SERVIRO' I MIEI PIATTI MIGLIORI...
...A COMINCIARE DA QUESTO ANTIPASTO DI LISCA DEL CANTABRICO E OCCHI TONDI IN SALAMOIA!
CHE SCHIFOOOOOO!
AIUTOOOOOOO!

CHE SCHIFOO!
AAAAH! NOOOO!

TUTTO BENE?
PER UN ATTIMO HO
TEMUTO IL PEGGIO!
SE SOLO
RIUSCISSI A SCENDERE
DA QUI!
DOBBIAMO LIBERARCI
E CORRERE A SALVARE
FRANPESCA!
KWEK
COS'E'
QUELL'ESPRESSIONE?
COS'HAI IN MENTE?
AH, TI STAI
DONDOLANDO!

OOOF!
POF
NON MI PARE CHE ABBIAMO RISOLTO GRANCHE'!
ASPETTA, COS'E' QUESTO RUMORE?
RIIP
RIIIIIP
SIGH, LA MIA POVERA FELPA!
RIIIIIIIIIP
STRRRAAAAAAP

AHIO...
NON ERA QUELLO CHE AVEVO IN MENTE, MA DEVO AMMETTERE CHE HA FUNZIONATO!
SBONK
CASPITERINA, CHE BOTTA...

EEEEEECCCCCHOOOO!
ACCIDENTI, FA PROPRIO FREDDO QUA DENTRO!
DOBBIAMO USCIRE ALLA SVELTA, O RISCHIAMO DI DIVENTARE DUE SURGELATI!
UNNNNNGH! OVVIAMENTE E' BLOCCATA!
CLONK CLONK
CLONK CLONK
DANNATA PORTA! APRITI!
FRAAAAAAN! RESISTI!
VENIAMO A SALVARTI!
!

APRITI!
APRITI!
APRITI!
CLONK
CLONK
PERBACCO
GOLDEN CORN
PERCHE' NON VIENI A DARMI UNA MANO, MISTER P?
!!
NON E' IL MOMENTO DI MANGIARE, QUESTO!
E POI E'... CONGELATO!
SPLOTCH
EEK?!

UUGH
BLEH
BLURGH
EHI! COSA SONO QUEI SUONI ORRIBILI?
VENGONO PROPRIO DA DIETRO LA PORTA!
SBAM
POVERA FRANPESCA...
GNIIIIIK
NON OSARE AVVICINARTI!
OPPURE TI... TI PRENDO A PESCIATE!
E' CONGELATO! E' PIU' DURO DI UN SASSO!
PIZZA
PIZZA
PIZZA
GNIIIIIIIIIIIIIIK

POTRESTI INTIMORIRMI SOLO SE FOSSI ALLERGICA AL PESCE!
CLONK
FRAN! MA TU... MA TU...

...SEI SALVA!
E TUTTA INTERA!
BRRRR!
E VOI SIETE FREDDI
COME GHIACCIOLI!
BRRRRRRRRR
USCIAMO,
PRESTO!
FRAN, MA
CHE COSA E' SUCCESSO?
ABBIAMO UDITO DEI SUONI
ORRIBILI!
PENSAVAMO
CHE TE LA STESSI
VEDENDO BRUTTA!
ED E' STATA BRUTTA,
ANZI, DI PIU'.
E' STATA SCHIFOSA!
NON SO COME HO FATTO
A RESISTERE...

MA, COME POTETE VEDERE, QUEL CUOCO DA STRAPAZZO E' FUORI COMBATTIMENTO!
ACCIDENTI! MA COME HAI FATTO?
NON E' UNA STORIA PER I DEBOLI DI STOMACO...
IN TUTTI I SENSI!

QUANDO E' USCITO DALLA CELLA FRIGORIFERA, HO TEMUTO CHE PER VOI NON CI FOSSE PIU' SPERANZA!
CHE COSA GLI HAI FATTO? MOSTRO!
LI HO MESSI A... FROLLARE!
SAI A COSA SERVE LA FROLLATURA?
SERVE A FARE ASCIUGARE LA CARNE, A RENDERLA PIU' TENERA, PIU' SAPORITA...
UNA BASE ECCELLENTE PER LE MIE RICETTE PIU' PREGIATE!
HO SEMPRE SOGNATO DI PREPARARE UNO SPEZZATINO DI GAMER!
SEI DISGUSTOSO!
OH, SI'! PAROLE DOLCISSIME!
ADORO ESSERE DISGUSTOSO, LA MIA CUCINA E' UN AFFRONTO AL GUSTO, AL PALATO, AL MANGIARE SANO!
PIU' FA SCHIFO E PIU' SONO FELICE!

E ORA...
UNA SELEZIONE DI PIATTI PRELIBATISSIMI SOLO PER TE!
MERLUZZO MARCIO IN LIQUIRIZIA!
TORTINO DI SCARAFAGGI IN SALMI'!
FEGATO ARROSTO CON GRATINATURA DI UNGHIE DEI PIEDI!

SORBETTO ALLA SCIACQUATURA DI PIATTI UNTI!
SFORMATO DI SEGATURA MANTECATO AL FANGO!
ZUPPA D'ASFALTO ALL'ODORE DI IMMONDIZIA!
CROSTATA DI MUFFA FETIDA!

PREGO, ASSAGGIA!
MPPHHH!
GLOMP
BLEEEEEEAAHH!
COUGH COUGH!
PTU'! PTU'!
LO SAPEVO, LO SAPEVO!
NON SBAGLIO MAI!
SONO IL RE DEL DISGUSTO!

DEVO CAPOVOLGERE LA SITUAZIONE! MA COME?
FORSE, DOVREI FARE FINTA CHE QUESTI PIATTI... MI PIACCIANO!
ALLORA, E' GIA' FINITA LA CENA? QUELLA ROBA MI HA MESSO APPETITO!
CO-COME? NE VUOI ANCORA?
BEH, HO QUI QUALCOSA CHE TI FARA' PASSARE LA FAME!
CHOMP
FRICASSEA DI CALZINI SFILACCIATI!
PULLED SOCKS, COME LO CHIAMANO IN INGHILTERRA!
UUGH
UGH...
MA E' DELIZIOSO, CHEF COUTEAU!
VOGLIO STRAFOGARMI DI TUTTE QUESTE... ROBE!

CHE BUONOOOO!
NO! NON E' POSSIBILE!
IO... IO... SONO UN CUOCO FALLITO!
DELIZIOSO!
DIVINO!
MWAH!
NON PUO' ESSERE VERO!
MI STAI INGANNANDO!
DI QUESTO VOGLIO LA RICETTA!
TI METTERO' CINQUE STELLE SU GNAM ADVISOR!

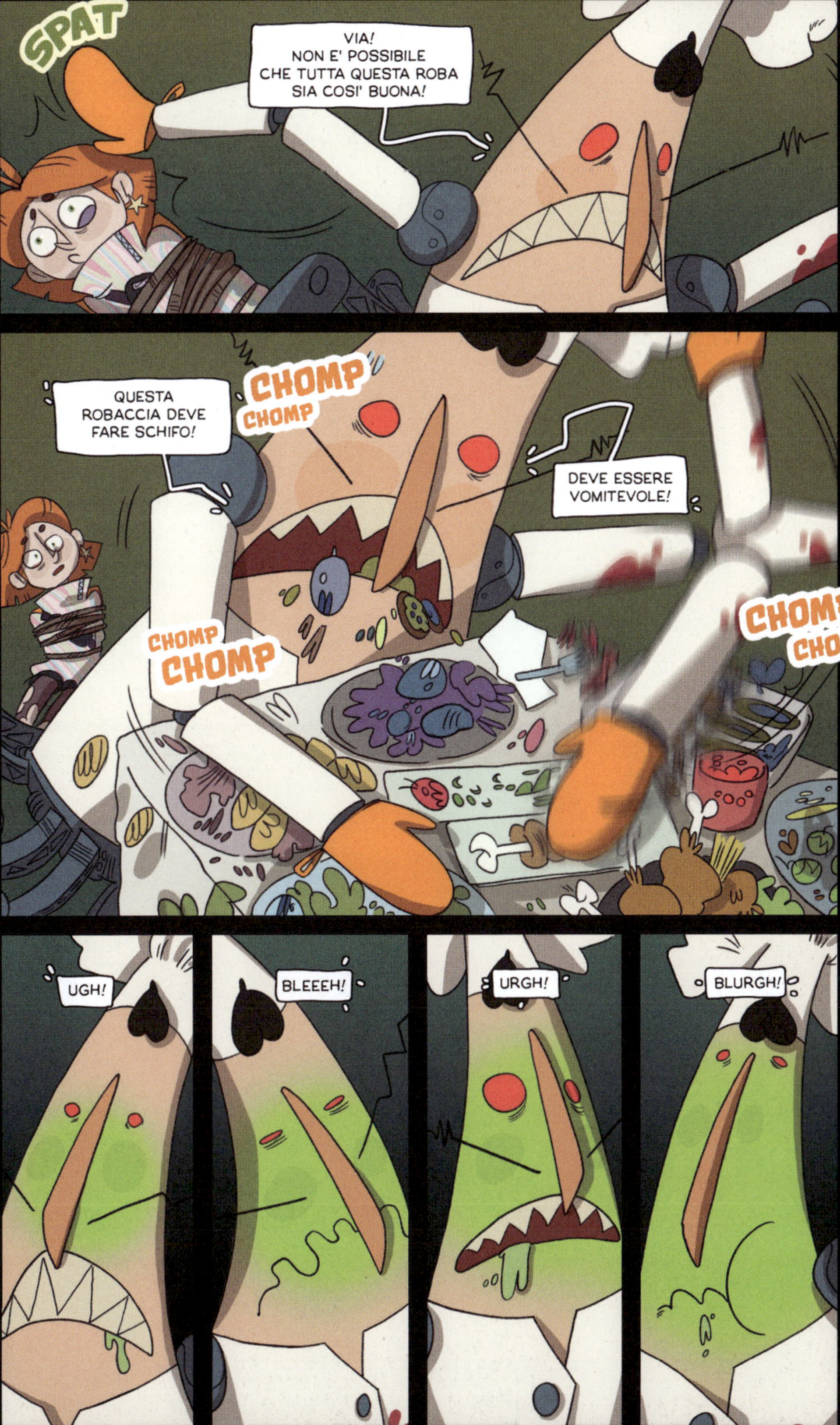
SPAT
VIA! NON E' POSSIBILE CHE TUTTA QUESTA ROBA SIA COSI' BUONA!
QUESTA ROBACCIA DEVE FARE SCHIFO!
CHOMP CHOMP
DEVE ESSERE VOMITEVOLE!
CHOMP CHOMP
CHOMP CHOMP
UGH!
BLEEEH!
URGH!
BLURGH!

LO SAPEVO, MENTIVI! SONO DISGUSTOSI!
FZZZ FZZZ
FZZZ FZZZ
BLEURGH... FORSE...
UN PO'... T-T-TROP...
FZZZ FZZZ
SBAM
A QUEL PUNTO, HO STROFINATO LE CORDE CONTRO GLI AFFILATISSIMI PIEDI MECCANICI DI COUTEAU E MI SONO LIBERATA...

ECCO COS'ERA QUELLO SBAM! IO E MISTER P PENSAVAMO FOSSE ACCADUTO IL PEGGIO...
AH, INFATTI, VOLEVO CHIEDERTELO. CHI E' LUI?
UN NUOVO AMICO. UN ANIMATRONICO CHE E' PASSATO DALLA PARTE DI NOI BUONI!
DOBBIAMO DELLE SCUSE AD ASTA! GLI ANIMATRONICI NON SOLO SI MUOVONO MA... SONO VIVI!
MA PRIMA DOBBIAMO TROVARLO.
GIA'... BBBUUUUUUURPP
FRANPESCA??
SCUSATEMI, LA CUCINA DI CHEF COUTEAU ERA... PESANTUCCIA.

ALLORA? DOVE ANDIAMO?
DI SOLITO A QUESTO PUNTO IL CATTIVO SI FA VIVO...
PIU' CHE ALTRO NON SI VEDE NIENTE!
NON POSSO ACCENDERE LA TORCIA DEL TELEFONO, E' TROPPO SCARICO...
EHI, CHI MI TIRA PER LA FELPA? MISTER P, CHE COSA C'E' ?
BWONN
EHI! COSI' MI ACCECHI!
MISTER P! NON SAPEVO CHE POTESSI FARE QUESTO!
WRRRRR
UH? CHE COSA VUOI FARE?
FLASSHH
WOW, MA E' UN OLOGRAMMA DI QUELLO CHE CI E' SUCCESSO!
AH, VEDO CHE HANNO CERCATO DI FARE LA PELLE ANCHE A VOI!

E CI HA PROVATO ANCHE LUI... MA PER FORTUNA MISTER P NON E' UN KILLER!
SOLO UN PINGUINO CHE HA INCONTRATO LA PERSONA SBAGLIATA!
MOLTO MOLTO COMMOVENTE!
MA CHE TENERI AMICI CHE SIETE!
!!
FINALMENTE TI FAI VIVO! ADESSO BASTA GIOCARE, LIBERA ASTA!
MA COME? PROPRIO ORA CHE IL GIOCO COMINCIA A FARSI DIVERTENTE...
ASTA, PER ESEMPIO, SI STA DIVERTENDO UN MONDO!
TRA PISTE DA BOWLING E CLAW CRANE... SARA' DIFFICILE CONVINCERLO AD ANDARE VIA!

STA PARLANDO DELL'AREA ARCADE!
TI RICORDI SE C'E' UN ANIMATRONICO ANCHE LA' DENTRO?
NON CI HO FATTO CASO!
NEMMENO IO! SIGNIFICA CHE DOVREMO TENERE GLI OCCHI APERTI!
E' ANCHE IL MOMENTO DI PENSARE A UN PIANO!
UNA VOLTA LIBERATO ASTA, CHE COSA FACCIAMO?
!!
IO DIREI DI DARCELA A GAMBE!
NON POSSIAMO, SIAMO CHIUSI DENTRO!
PRIMA DOBBIAMO TROVARE IL COMANDO CHE APRE LE PORTE DEL FUN TIME!
ALLORA CI TOCCHERA' TORNARE AL CENTRO DI CONTROLLO,
DOVE ABBIAMO TROVATO IL CORPO DEL POVERO SIGNOR WILSON!

MA... SE NON RIUSCISSIMO A LIBERARE ASTA?
LO SALVEREMO, FRAN! A QUALSIASI COSTO! VEDRAI CHE ANDRA' TUTTO BENE.
TUNZ TUNZ TUNZ TUNZ TUNZ
EHI! ASCOLTATE!
MUSICA DA DISCOTECA! LA STESSA CHE METTONO AGLI ARCADE, ORMAI DOBBIAMO ESSERE VICINI.
ECCOLA! ENTRIAMO!
TUNZ TUNZ TUNZ TUNZ
FUN TIME ARCADE

EHI! HO COME LA SENSAZIONE CHE QUI LE COSE SIANO CAMBIATE PARECCHIO!
E' TUTTO PIENO DI PELUCHE! NON TROVEREMO MAI ASTA!
TUNZ TUNZ
TUNZ TUNZ
TUNZ TUNZ

TUNZ TUNZ
WRRRRRRRR
TUNZ TUNZ
CLONK
IIIIK IIIIK
CHE COS'E' QUESTO RUMORE?
TUNZ TUNZ

KA-CLACK
E' L'ARTIGLIO GIGANTE DELL'ARCADE! SI STA MUOVENDO E...
WRRRRRRRR
FLUNK
...PUNTA SU DI NOI! LEVIAMOCI, SVELTI!

WRRRRRRRRRRRR
RRRiiiiiP
ZZZZOCK
STRAAP
CLACK
CERCATE DI INFILARVI SOTTO I PUPAZZI! CON TUTTA QUESTA NUVOLA DI COTONE, NON POTRA' INDIVIDUARCI!
E' QUELLO CHE STIAMO CERCANDO DI FARE!

ANCHE VOI! MA NON POSSIAMO TIRARE FUORI LA TESTA... L'UNICA VIA DI FUGA E' QUESTA BOTOLA!
ECCOTI QUI! SEI TUTTO INTERO!
VIA DI FUGA O TRAPPOLA?
ACCIDENTI, NON SI VEDE UN TUBO NEMMENO SE MISTER P CI FA LUCE!
DOVREMO RISCHIARE! DA QUI IN POI, SEMBRA TUTTO DRITTO
ORA MI RICORDO... L'ANIMATRONICO DOVREBBE ESSERE CLAW CLOWN!
CE L'AVEVA DETTO IL SIGNOR WILSON! CHISSA' CHE FINE HA FATTO?
DOVREMO PENSARE PIU' TARDI A UNA RISPOSTA...
...FORSE SIAMO ARRIVATI ALLA FINE DEL TRAGITTO.

SPERIAMO
NON CI SIANO
BRUTTE SORPRESE...

BBBBRRRRRRRMMMMMM
ASTA!!!
FZZT
FZZT
FZZT
FZZT
DISOBEY

CI SENTI? ASTA! DAI, CI MANCANO LE TUE BARZELLETTE!
UNNNGH! NON RIESCO A LIBERARLO!
MISTER P! COSA FAI?
ORA E' BLOCCATO ANCHE LUI!
PLOP
NON ABBIAMO ALTRA SCELTA! DOBBIAMO SEGUIRLI ENTRAMBI!
SEI SICURO CHE SIA UNA BUONA IDEA?
NO!!

BENVENUTO NEL CIRCUS SIMULATOR 3000
IL GIOCO COMINCERA' TRA 5 SECONDI...
QUATTRO... TRE... DUE...

UNO.

CHE... COSA E' SUCCESSO? DOVE SIAMO?
SE HAI SENTITO LO STESSO MESSAGGIO CHE HO SENTITO IO, DOVRESTI GIA' SAPERLO!
GUARDA LAGGIU'!
AH, GIA'. IL CIRCO! PENSO CHE ASTA SIA LA' DENTRO...
SPERIAMO CHE NON GLI ABBIANO FATTO FARE L'UOMO CANNONE!
O L'ACROBATA SENZA RETE! O IL BERSAGLIO DI UN LANCIATORE DI COLTELLI!
INSOMMA, QUALSIASI COSA!
LO SCOPRIREMO SUBITO...

ASTA! CHE DIAVOLO CI FAI LASSU'?
SCENDI SUBITO! SE E' UNO DEI TUOI SCHERZI, NON FA RIDERE!

LEI... LEI MI HA COSTRETTO!
NON DISTRAETEMI, PER FAVORE...
CREAK CREEEEAK
CON CALMA, CON CALMA...
CREEEEEEEEEEEEEEEEEEEEEAK
AH!!
SWOOSH
ASTA!!

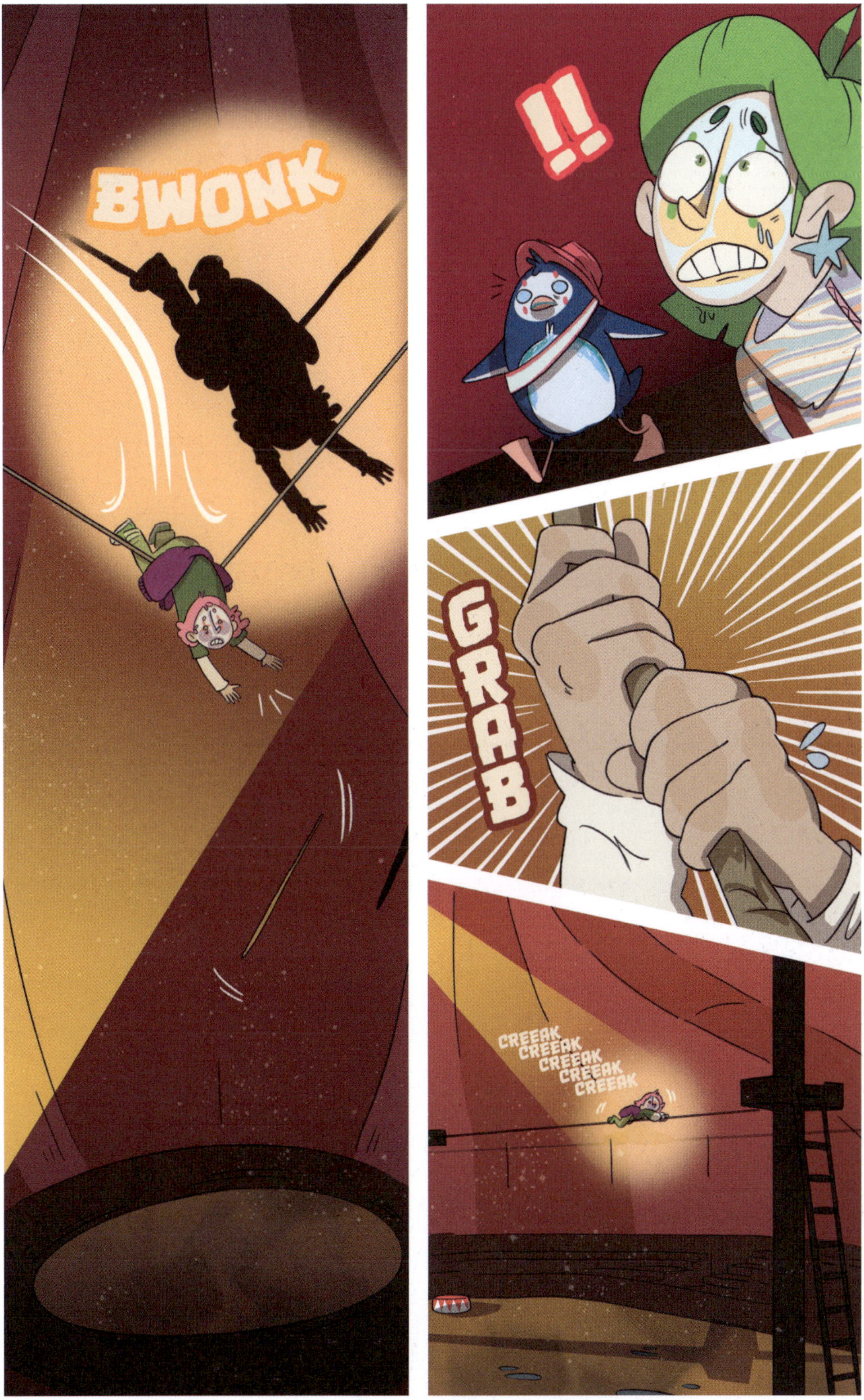
BWONK
!!
GRAB
CREEAK
CREEAK
CREEAK
CREEAK
CREEAK

ASTA! MA CHE CAVOLO FAI?
CI HAI FATTO PRENDERE UN COLPO!
AAAAAHH
IO... IO NON VOLEVO. E' STATA LEI A OBBLIGARMI!
MA LEI CHI, ASTA? CHI?
FRUSH FRUSH
LEI...!

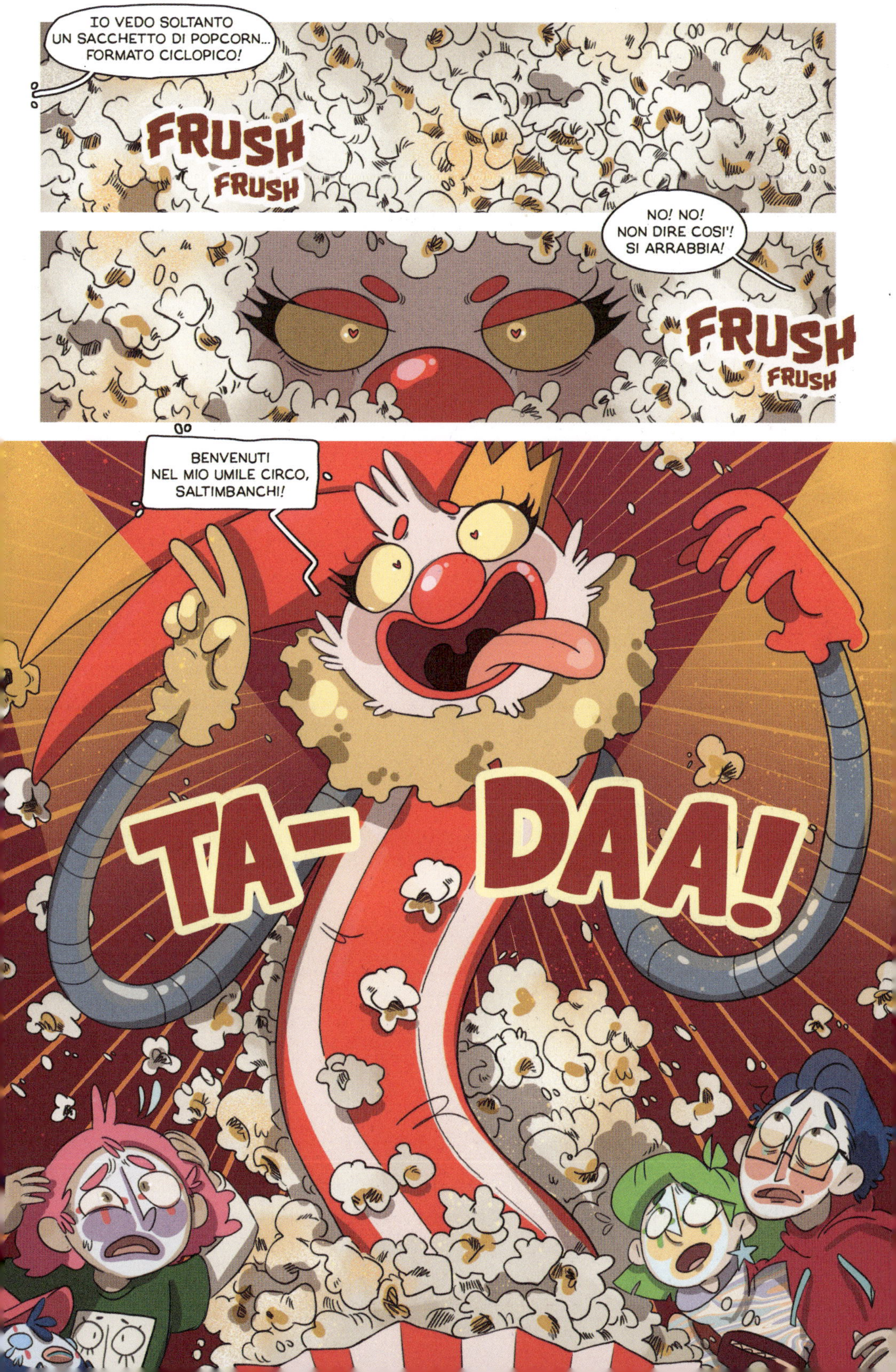
IO VEDO SOLTANTO UN SACCHETTO DI POPCORN... FORMATO CICLOPICO!
FRUSH
FRUSH
NO! NO! NON DIRE COSI'! SI ARRABBIA!
FRUSH
FRUSH
BENVENUTI NEL MIO UMILE CIRCO, SALTIMBANCHI!
TA-DAA!

CLAW CLOWN! ECCO DOV'ERA!
NON ERA LEI A MANOVRARE L'ARTIGLIO, ALLORA ...
MA IL TIZIO CHE STA DIETRO A TUTTO QUESTO!
PARLATE TROPPO, PER ESSERE DEI CIRCENSI!
LA GIOCOLERIA E' UN'ARTE MUTA!
VEDIAMO SE RIUSCITE ALMENO A REGGERMI IL GIOCO!
FWOOOSSHH

SCAPPATEEEE!
CHE PECCATO, MI AVETE FATTO SPRECARE LE MIE CLAVETTE INFIAMMATE PREFERITE!
DOVE CREDETE DI ANDARE? DOBBIAMO PROVARE ANCORA UN SACCO DI ESIBIZIONI!
E SONO TUTTE MOLTO PERICOLOSE!
NON PENSERETE CHE MI CHIAMINO CLAW PER NIENTE!
SIGNIFICA "ARTIGLIO", VE LO DICO QUALORA NON AVESTE STUDIATO INGLESE A SCUOLA!
PRESO! E ORA TOCCA A VOI ALTRI...

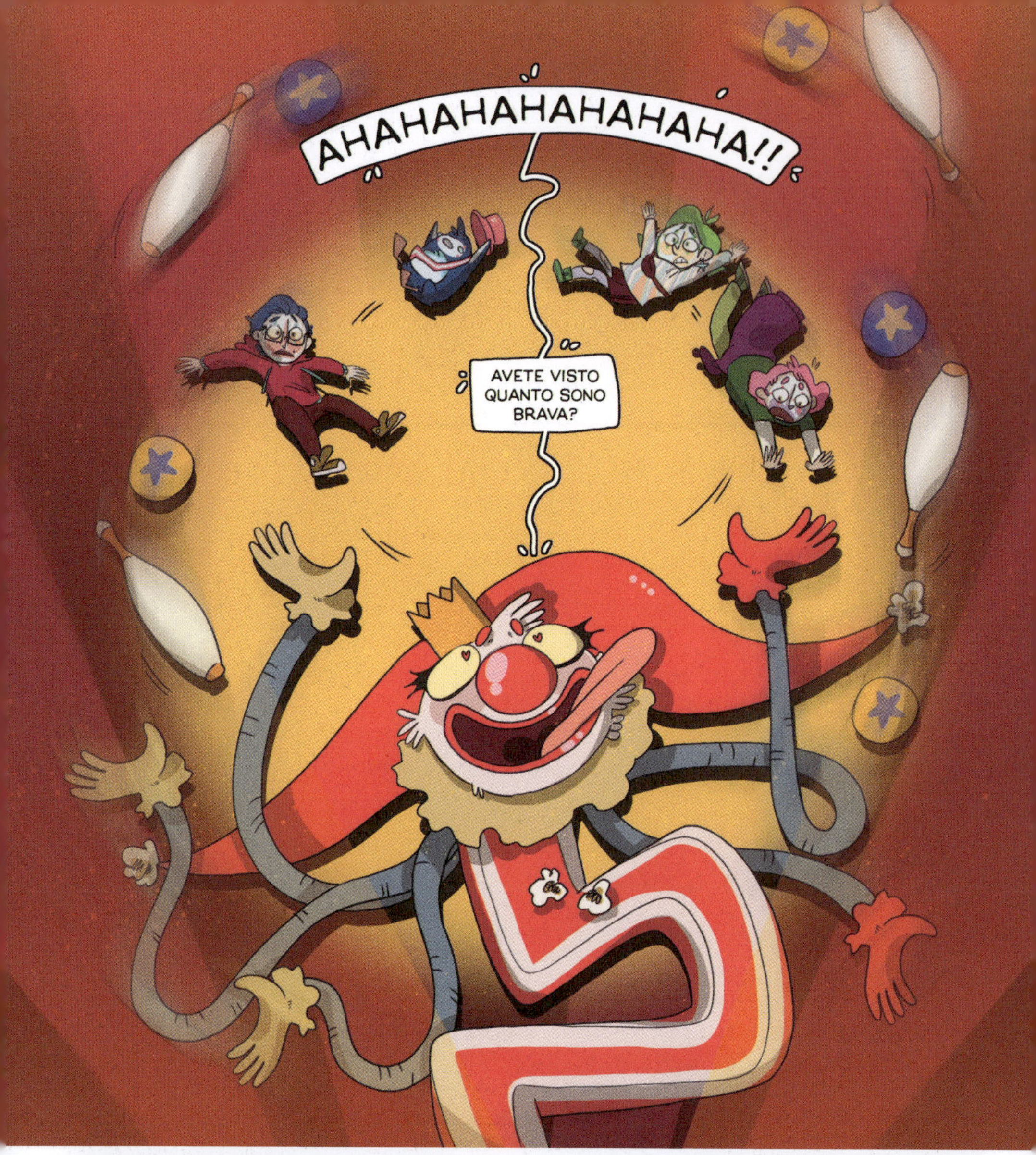
AHAHAHAHAHAHAHA!!
AVETE VISTO QUANTO SONO BRAVA?

ECCO IN QUALI NUMERI POTREI IMPIEGARVI!

TU POTRESTI COMINCIARE CON UN BEL TUFFO!
ATTENTO, PERO'! QUEI TIPI LAGGIU' SONO PIUTTOSTO AFFAMATI!
CLACK CLACK
CLACK
SPLASH
EEEEE... GIU'!!
PAF
WAAAAAAAAAAAAAAHHH

PRESO! NON TI AZZARDARE A MORIRE, EH?
ALTRIMENTI IL GIOCO FINISCE SUBITO, E IO POI COME MI DIVERTO?
DEVO ANCORA INFILARTI NELLA GABBIA DEI LEONI!
CLACK
CLACK
SI' SI', SI', HO PENSATO A QUALCOSA ANCHE PER VOI!
?

BUONO, GATTONE, BUONO...
HAHA HAHA
TU SEMBRI LEGGIADRA COME UNA FARFALLA...
PRIMA CHE SI BRUCI LE ALI CONTRO UNA LAMPADA!
HAHA HAHA
DANNATO MOSTRO!!
HAHA HAHA
VOI DUE, INVECE, SIETE DUE GIGANTESCHI IMBRANATI!
NON VEDO L'ORA CHE VI SCONTRIATE!
HAHA HAHA
RAGAZZI, AIUTOOOO!

CHE COSA FACCIAMO, LORENZO?
FAREMO TUTTI UNA BRUTTA FINE SE NON ESCOGITIAMO QUALCOSA!
GROWR
NON LO SO!
IO VOLEVO SOLO PROVARE IL VISOREEEEE!
GNIC GNIC
GNIC GNIC
PRIMA HA DETTO "ALTRIMENTI IL GIOCO FINISCE SUBITO!".
MA CERTO!
NULLA DI TUTTO QUESTO E' REALE, AMICI!
SIAMO IN UN VIDEOGIOCO, VE NE SIETE DIMENTICATI?
PER USCIRE DA QUI CI BASTERA'... MORIRE!
TANTO E' TUTTO PER FINTA!
IL PRANZO E' SERVITO, GATTONE!
ROAR

AHHH! L'HA DIVORATO!
LORENZO, NOOOOO!
FLUP
NON HO ALTRA SCELTA!
CI VEDIAMO DI LA', ASTA!
!!
NOO! MA SIETE IMPAZZITI TUTTI!
NO! NO! NON FARLO!
GNIC GNIC
GNIC GNIC
GNIC GNIC

AAAAAHHHHH!
CHE COSA HAI FATTOOOOOOOOOOOOOOOOO

OOOOOOOOHHH!!
EH? UH?
BENTORNATO TRA NOI!
CE NE HAI MESSO A DECIDERTI, EH?
EHEH, SAPETE COM'E'... E CLAW CLOWN?
E' ANCORA LI' DENTRO, E PENSO CHE CI RESTERA'!
FORSE, E' ESISTITA SEMPRE E SOLO IN FORMATO DIGITALE!
MA ORA CHE SIAMO DI NUOVO TUTTI INSIEME, NON C'E' TEMPO DA PERDERE!
CERCHIAMO DI USCIRE DA QUESTO POSTO INFERNALE!

STATE PRONTI, RAGAZZI! SE DOVESSE ESSERCI DENTRO QUEL TIZIO, DOVREMO AGGREDIRLO TUTTI INSIEME!
FZZZZZZZZZZZZZZZZZZZZZZZZZZZZZZZZZZZ
family fun!
NO SIGNAL
NO SIGNAL
NO SIGNAL
NO SIGNAL

FORSE... FORSE IL SIGNOR WILSON E' UNO ZOMBIE!
SPERO CHE TU STAVOLTA NON ABBIA RAGIONE!
EHI, GUARDATE!
SE SOLO RIUSCISSIMO A SBLOCCARE QUESTA SERRATURA
SAREMMO LIBERI DI FUGGIRE!
EXIT
FRUGHIAMO DAPPERTUTTO!
E SPERIAMO CHE LE CHIAVI SIANO QUI DA QUALCHE PARTE.
MA CHE FINE HA FATTO QUEL TIZIO CON L'ACCETTA? E SE CI TROVA QUI?
TU NON PENSARCI E CONCENTRATI SULLA RICERCA!

RIMANE SOLO QUESTO CASSETTO DA ESAMINARE
UH? E QUESTA COS'E'?
RAGAZZI, VENITE QUI!
CREDO DI AVER TROVATO QUALCOSA DI... IMPORTANTE!
il più bel giorno con papà!

WOW!
DEVE ESSERE IL FIGLIO DEL SIGNOR WILSON!
CHISSA' PERCHE' LA TIENE NASCOSTA NEL CASSETTO?
EHI, AVETE NOTATO?
SUO FIGLIO, SE E' LUI, AVEVA UN PUPAZZO MOLTO SIMILE A MISTER P!
NON PUO' ESSERE UN CASO!
FORSE L'IDEA DI USARE MISTER P COME MASCOTTE DEL FUN TIME E' UNA TROVATA DEL FIGLIO DI WILSON!
NON LO SO, C'E' QUALCOSA CHE NON MI TORNA... HO UNA BRUTTA SENSAZIONE.
EHI, RAGAZZI! BENTORNATI!
OH, NO!

CERCAVATE QUESTE?
TLI- -ING
CHE GENTILI A VENIRE QUI!
FINALMENTE POSSIAMO GIOCARE TUTTI INSIEME!
CHE COSA HAI FATTO AL SIGNOR WILSON?
MA CHE DOMANDE FAI, RAGAZZINA?

IO SONO IL SIGNOR WILSON!
E ORA GIOCHEREMO UN PO' INSIEME, VERO?

NON E' POSSIBILE!
IL SIGNOR WILSON E'... E'... L'ABBIAMO VISTO!

MORTO?
E' QUESTA LA PAROLA CHE STAI CERCANDO?
BEH, SORPRESA, NON LO SONO!
QUELLO CHE AVETE VISTO ERA SOLO UN MANICHINO!
CI LASCI ANDARE, LA PREGO! PENSI A SUO FIGLIO!
NON PARLARE DI MIO FIGLIO!
NON TI AZZARDARE!
SE SOLO SAPESTE COSA SIGNIFICA PERDERE UN FIGLIO CON CUI GIOCARE...

MA ORA PER FORTUNA CI SIETE VOI...
SIETE I PRIMI, MA NON SARETE GLI ULTIMI...
QUESTI NON SONO GIOCHI! SONO TORTURE, SONO FOLLIE!
MA NO, MA NO... SONO GIOCHI CHE FACEVO CON MIO FIGLIO!
FSSSH
PER ESEMPIO, AVREI VOLUTO TANTO GIOCARE AI POMPIERI CON LUI!
MA NON ABBIAMO FATTO IN TEMPO!
E COSI' ORA GIOCHERO' CON VOI...
IO DARO' FUOCO A TUTTO E POI...
...E POI CHISSA' SE I POMPIERI FARANNO IN TEMPO A SALVARVI...

SE DA' FUOCO A TUTTO, PERDERA' ANCHE QUESTO RICORDO!
DA' QUA! QUESTA E' MIA!
STRAP
ED ECCO QUANTO ME NE IMPORTA!
QUEI MOMENTI NON TORNERANNO MAI PIU'!
ESISTONO SOLO... I MIEI NUOVI GIOCHI!
E ADESSO...

UN PO' DI BENZINA QUA...
UN PO' LÀ'...
SPLOTCH
SPLASSH
SPLOTCH
...FUOCO!
FSSSH
AIUTO, FAREMO LA FINE DEL POLLO ARROSTO!
AH AH AH AH AH
CI LASCI PASSARE, SIGNOR WILSON! LA PREGO!!
EHI, GUARDATE MISTER P!
BLING

FLASH

MA QUESTO... SEMBRA VERO...
NON E' COME LA FOTOGRAFIA...
FIGLIOLO! PERDONAMI!
MISTER P! WILSON!
VENITE VIA! BRUCERETE VIVI!
FWOOOM
NON PUOI FARE PIU' NULLA PER SALVARLI! VIENI VIA!

ERA L'ALBA, QUANDO RIUSCIMMO A FUGGIRE. CON QUALCHE LIVIDO E QUALCHE MACCHIA DI FULIGGINE, MA TUTTI INTERI.
L'INCENDIO RISCHIO' DI UCCIDERCI, MA LIBERO' ANCHE UNA VIA DI FUGA DAL FUN TIME.
PER QUALCHE ORA, PIANGEMMO MISTER P.
SI ERA SACRIFICATO PER NOI, PERMETTENDOCI DI SCAPPARE.
MA CE L'AVEVA FATTA.
NE ERA USCITO VIVO ANCHE LUI!

SOLTANTO ALLORA MI RESI CONTO CHE MISTER P CI AVEVA MOSTRATO DI SAPERE ANIMARE I SUOI RICORDI. E SE QUELLA GIORNATA DI VACANZA ERA ANCHE UN RICORDO DI MISTER P,,,
...CHI ERA DAVVERO MISTER P? CHI SI CELAVA NEL SUO CUORE DI ANIMATRONICO? PERCHE' AVEVA PIANTO QUANDO WILSON AVEVA BRUCIATO LA FOTO?
IO UN SOSPETTO CE L'HO. MA NON LO SAPREMO MAI. COME NON SAPREMO MAI CHE FINE HA FATTO WILSON...
TG NOTIZIE FLASH
@telemiloni
NEW
NEWS
IL SUO CORPO NON E' MAI STATO RITROVATO.
ANCORA DISPERSO NOTO IMPRENDITORE DELLA ZONA DOPO L'INCENDIO AL C

UNA COSA L'ABBIAMO IMPARATA, PERO':
*MAI ACCETTARE UNA CHALLENGE DA UNO SCONOSCIUTO!*
DISOBEY
FINE.

# LE AVVENTURE DI LORENZIST IN LIBRERIA

## MONDO STRANO

Benvenuti a Mondo Strano, dove i sogni diventano realtà e il divertimento è assicurato. O quasi... Pingu è immerso nella lettura del suo fumetto preferito, quando il trillo del campanello lo interrompe sul più bello. È il postino, venuto a consegnargli una lettera. Strano, nessuno gliene aveva mai scritta una! Il messaggio nella busta, però, è ancora più strano. Il biglietto è composto da lettere ritagliate e contiene un invito firmato da un certo Mr. Jimbo. Lo sconosciuto promette al ragazzino una grande rivelazione, se quella stessa sera si recherà al Sentiero della Corteccia. Pingu non ha idea di quello che lo aspetta, ma la voglia di saperne di più è irresistibile. All'appuntamento, però, ci andrà insieme ai suoi migliori amici e inseparabili compagni di avventura. Muniti di torce, bussola e fiammiferi, i ragazzini si addentrano nel bosco fino a raggiungere i cancelli di un misterioso parco divertimenti.
È Mondo Strano, un luogo un tempo popolato da famiglie felici e risate squillanti, ora abbandonato e spettrale. Perché Mr. Jimbo li ha attirati lì e che cosa sta tramando all'interno del luna park? Il primo passo per vederci chiaro è senz'altro esplorare il posto da cima a fondo, a partire dal tendone variopinto del circo, passando per le cabine della sua vertiginosa ruota panoramica e le curve tortuose della pista di go-kart.
Risolvere il mistero sarà emozionante come un giro sulle montagne russe!

## LE PIETRE DEL DESTINO

È un'incantevole mattina d'estate, con il cielo azzurro e l'aria frizzante, quella in cui Pingu e i suoi quattro migliori amici si riuniscono nel bosco per assistere all'eclissi. Mentre la luna oscura il sole, una strana luce li guida al centro della radura, rivelando tra l'erba alta cinque misteriose pietre dorate. Da dove provengono quei manufatti? E che cosa significano le curiose incisioni che li rivestono? Pingu e i suoi amici decidono di scoprirlo, ma, una volta raccolte le pietre, si ritrovano catapultati all'istante in un magico mondo medievale, popolato da maghi dalla lunga barba bianca, cavalieri senza paura e principesse da salvare. Per revocare il sortilegio e tornare a casa c'è un solo modo: recuperare tutte e cinque le pietre disperse nel regno e riaprire il varco spazio-temporale che li ha inghiottiti. Ma come nella più crudele delle fiabe, un nemico potente è in agguato e trama nell'ombra un piano per intrappolare per sempre Pingu e i suoi amici nel passato. Per sconfiggerlo e completare la loro missione i ragazzi potranno contare solo sui loro nuovi, straordinari poteri, oltre che sulla forza della loro amicizia.

## I SEI REGNI DELLA MAGIA

I sei regni stanno per cadere. La magia oscura si prepara a trionfare. Il gioco del destino ha inizio.

È trascorso solo qualche mese dall'eclissi che ha cambiato per sempre le sorti di Pingu e dei suoi amici. La loro tranquilla vita al castello, però, sta per essere di nuovo sconvolta. Eventi via via più inquietanti si susseguono senza apparente spiegazione e neppure il re, chiuso nella sala del trono, sembra essere al sicuro. Per risolvere il mistero, a Pingu e gli altri non resta che chiedere aiuto al saggio mago di corte. L'anziano stregone non ha esitazioni. È arrivato il momento di rivelare un segreto che ha custodito per troppo tempo. Per farlo, mostra ai ragazzi un curioso manufatto: la Mappa del Destino. A metà fra un tabellone da gioco e un'antica carta geografica, la mappa svela a Pingu e gli altri l'esistenza di sei regni, separati da confini incantati.

Gli stessi confini che oggi la magia oscura minaccia di far cadere, sovvertendo l'equilibrio del reame. Senza indugiare, Pingu e i suoi decidono di mettersi in viaggio, lasciandosi guidare dal potere della mappa. A ogni tappa del cammino li aspettano nuove prove, fra imponenti navi vichinghe, giungle selvagge e piramidi piene di tranelli. Fino a una torre diroccata avvolta dalle ombre, dove li attende l'incontro più temuto, quello con il loro destino.

Finito di stampare
nel mese di luglio 2024
per conto della Adriano Salani Editore s.u.r.l.
da Grafiche Stella, Roverchiara (VR)
Printed in Italy

MISTO
Carta | A sostegno della gestione forestale responsabile
FSC® C111834